Las Aventuras de Oso y Plumas

Textos de
URSULA DUBOSARSKY

Ilustraciones de

RON BROOKS

CORIMBO

*A Dover, que no tenía un libro con su nombre,
así que escribí este especialmente para él. Abrazos. U.D.*

A Hedwig, Griselda, Sally y Noel, buenos amigos todos. R.B.

© 2013, Editorial Corimbo por la edición en español
Av. Pla del Vent 56, 08970 Sant Joan Despí, Barcelona
corimbo@corimbo.es
www.corimbo.es

Traducción al español de Macarena Salas
1ª edición junio 2013

© 1998, Penguin Books Australia
Viking, Penguin Books Australia Ltd.
Copyright © Ursula Dubosarsky
Ilustraciones Copyright © Ron Brooks
Título de la edición original: "Honey and Bear"
Impreso en AVC Gràfiques, S.L.
Depósito legal: B.-13470-2013
ISBN: 978-84-8470-483-6

Índice

Una idea buena y una idea mala   4

El secreto de Oso   14

Contar hojas   22

La visita   28

Plumas está enfadada   38

Una idea buena
y una idea mala

Un día, Oso tuvo dos ideas.

Su primera idea fue limpiar la cocina.

Oso se puso un delantal y unos
guantes amarillos. No quería mancharse
el pelo. Tenía un pelo muy bonito.

Limpió la cocina con una bayeta.
Recogió las migas de la mesa. Fregó
los platos. Barrió el suelo con una
escoba peluda.

Después se quitó el delantal y los guantes y se sentó en su sillón favorito. Estaba muy cansado. ¡Pero la cocina había quedado limpia y reluciente!

Entonces Oso tuvo la segunda idea.

"Plumas está a punto de llegar a casa. Voy a cocinar un pastel de semillas."

Plumas era un pájaro y le encantaban los pasteles de semillas.

Así que Oso volvió a la cocina. Mezcló en un cuenco harina, azúcar, mantequilla, huevos y un montón de semillas negras.

Puso la mezcla en un recipiente y lo
metió en el horno.

Justo cuando el pastel estaba listo,
Plumas entró volando por la ventana
de la cocina.

—Hola, Oso —dijo.

—Hola, Plumas —dijo Oso.

Plumas miró la mesa. Estaba cubierta de cáscaras de huevo. Miró el fregadero. Estaba lleno de cacharros sucios. Miró el suelo. Estaba manchado de harina.

—¡Qué desastre! —dijo Plumas.

—Ya —dijo Oso muy triste—. Es que esta mañana tuve una idea: limpiar la cocina.

—Esa fue una buena idea —dijo Plumas.

—Pero después tuve una mala idea —siguió Oso—. Hacer un pastel. Ahora está todo sucio otra vez.

Plumas miró en el horno.

—¡Oh! —exclamó—. ¡Pastel de semillas!

Oso sacó el pastel de semillas y lo
puso en un plato. Oso comió el pastel
con sus grandes garras y Plumas lo
picoteó con su pico.

Al cabo de un rato, Plumas dijo:

—Oso, creo que hacer un pastel no fue una mala idea.

—No —dijo Oso lamiéndose las patas—. Yo tampoco lo creo.

Oso pensó.

—¿Sabes qué? —dijo—. No tuve una idea buena y una idea mala. Tuve dos ideas buenas. Lo que pasa es que las tuve en el orden equivocado.

—¡Es verdad! —dijo Plumas—. Tienes razón, Oso.

—Sí —dijo Oso.

Oso y Plumas miraron el plato vacío que tenían delante.

—Creo que voy a hacer otro pastel

de semillas —dijo Oso.

—¡Buena idea! —dijo Plumas.

El secreto de Oso

Un día, Oso hizo algo malo.

Hizo algo malo mientras Plumas estaba en el jardín.

Oso sacó su bolsa de canicas y las metió, una por una, por el agujero del fregadero de la cocina. Eso estaba muy mal, pero siguió haciéndolo hasta que no quedó ninguna canica.

—¡Oh, no! —dijo Oso.

Plumas entró por la puerta de la cocina.

—¿Qué pasa, Oso? —preguntó.

—¡Oh, nada! —dijo Oso escondiendo rápidamente la bolsa vacía de canicas.

Plumas, al servirse un vaso de agua del grifo, dejó caer un poco en el fregadero.

—Qué raro —dijo—. El agua no baja por el agujero.

—¿Ah no? —dijo Oso.

—No —dijo Plumas mirando por el agujero—. Debe de estar atascado.

—Acabo de recordar que tengo que hacer unos agujeros en el jardín —dijo Oso de repente.

Pero Plumas no lo oyó. Se había metido en el fregadero y miraba por el agujero.

Cuando llegó al jardín, Oso agarró una pala y empezó a cavar. Sacó la manguera y regó la tierra hasta que se hizo mucho barro. Después cavó un poco más.

—¡Oso! —llamó Plumas desde la ventana de la cocina.

—¡Ahora no puedo ir! —contestó Oso enseñándole las patas—. ¡Estoy muy sucio!

—Entonces asómate a la ventana, Oso —dijo Plumas— y mira lo que he encontrado en el agujero del fregadero.

En el alféizar de la ventana había un cuenco grande lleno de canicas.

—Ah —dijo Oso—. ¿Cómo has podido sacarlas?

—Cuando me esfuerzo, puedo estirar mucho el cuello —contestó Plumas—. Y también tengo pico.

—Ya veo —dijo Oso mirando al suelo—. Bueno, yo tengo que seguir cavando.

Más tarde, mientras Plumas estaba
leyendo, Oso fue a la cocina y sacó la
bolsa de canicas que había escondido.
Metió las canicas que había en el
cuenco dentro de la bolsa.

Oso nunca le dijo a Plumas que él había metido las canicas por el agujero del fregadero.

Oso nunca se lo dijo a nadie. Era su secreto.

Contar hojas

Plumas estaba muy aburrida.

Oso se había dormido en su sillón favorito y Plumas no tenía nada que hacer ni nadie con quien hablar.

—¿Por qué Oso siempre duerme tanto? —se preguntó—. Yo apenas duermo y me aburro mucho cuando Oso duerme.

Miró por la ventana. ¡Seguro que hacía mucho frío afuera!

Las hojas caían de los árboles hasta el
lago como si fueran copitos de nieve.

—¡Ya lo tengo! —dijo Plumas de repente—. Voy a contar las hojas que caen de los árboles. ¡Eso me ayudará a pasar el tiempo!

Se sentó en el alféizar de la ventana y apoyó el pico en el cristal. No estaba muy cómoda, pero era el mejor sitio para contar.

—Una, dos, tres —empezó a contar Plumas—. Cinco, seis, siete, ocho —siguió.

Plumas contó y contó.

Las hojas seguían cayendo y Plumas
siguió contando. Oso roncaba, pero
Plumas ni siquiera le oía.

Se olvidó de que no estaba cómoda.

Se olvidó de que estaba aburrida.

Todo lo que quería hacer era
contar hojas.

El sol empezó a ponerse y el día se hizo más frío y oscuro. Ya no se veía bien, pero Plumas siguió contando.

—Nueve millones seiscientas dos mil doscientas tres —dijo por fin Plumas. En ese momento, Oso se despertó.

—¿Qué has dicho? —preguntó Oso con un bostezo gigante.

Plumas se dio la vuelta.

—¡Oso! —dijo—. ¡Eres tú!

—Sí, soy yo —contestó Oso sorprendido—. Estaba dormido.

—Es verdad —dijo Plumas—. Has dormido mucho.

—¿Qué has hecho mientras dormía? —preguntó Oso.

Plumas miró por la ventana.

El viento soplaba y hacía caer las
hojas, una detrás de otra. Millones y
millones de hojas.

—Oh, nada —dijo—. Me quedé aquí
esperando a que te despertaras, Oso.

La visita

Oso y Plumas iban a salir de visita.

Iban a visitar a la mamá de Oso, que vivía al otro lado del lago. Oso no había visto a su mamá en mucho tiempo.

—Vamos a llevar bocadillos y zumo de naranja —dijo Plumas— y así podemos merendar por el camino.

—Sí —asintió Oso— y un par de plátanos muy ricos.

A Oso le encantaban los plátanos.

Plumas preparó unos bocadillos con
chocolate y los metió en la mochila para
que Oso los llevara. No hacía frío ni calor,
un día perfecto para salir de paseo.

Oso tatareaba una canción por el camino mientras Plumas volaba por encima de su cabeza.

—Estoy haciendo una canción para mi mamá —dijo Oso—, así se la podré cantar cuando la vea.

Oso y Plumas empezaron a bordear el lago.

A veces Plumas se adelantaba volando y se posaba en las ramas de un árbol para esperar a Oso.

Cuando estaban a mitad de camino,
Oso llamó a Plumas.

—¡Vamos a parar aquí para merendar!

Así que se sentaron y comieron la
mitad de los bocadillos, bebieron la mitad
del zumo y compartieron un plátano.

—Vamos a ponernos en camino
—dijo Oso poniéndose de pie.

Se había manchado el pelo con la hierba,
pero Plumas no le dijo nada. Pensó que a
la mamá de Oso no le importaría.

Tras caminar un poquito más, Oso
llamó a Plumas.

—¡Vamos a parar aquí para terminar el
resto de la merienda!

Así que se sentaron encima de unas
piedras cerca del agua y comieron el
resto de los bocadillos y bebieron el
resto del zumo. Oso se comió el segundo
plátano él solo porque Plumas no tenía
más hambre.

—Vamos a ponernos en camino otra
vez —dijo Oso levantándose.

Plumas vio que Oso se había manchado el pelo con las piedras y también tenía manchas de hierba, pero siguió sin decirle nada.

—¿Cómo llevas tu canción, Oso? —preguntó mientras volaba haciendo círculos alrededor de su amigo, que seguía tatareando.

—Muy bien —contestó Oso sonriendo.

Dieron la vuelta al lago y llegaron al lugar donde vivía la mamá de Oso y donde Oso había vivido cuando era un pequeño osezno.

En la puerta de la casa había una nota.

ME HE
IDO DE
VISITA
VUELVO
EN TRES
SEMANAS

Oso se quedó callado.

—¡Tres semanas! —dijo Plumas—. Eso es mucha visita.

—Sí —dijo Oso.

—Podrías escribirle un mensaje en la parte de abajo del papel —sugirió Plumas—, para que sepa que hemos estado aquí.

Oso pensó durante un momento.

—Pero si hago eso, Plumas, mi mamá se pondrá muy triste por no haber estado aquí cuando vinimos. Si no escribo nada, no sabrá que vinimos y no se pondrá triste.

—Tienes razón —dijo Plumas.

Por el camino de vuelta, Oso le cantó a Plumas la canción que había hecho para su mamá. No tenía letra, solo la tatareaba.

—La la laaaaaa... —cantó Oso.

Cuando llegaron a su casa, ya era de noche.

—Mira, Plumas —dijo Oso—. Me manché el pelo con las piedras y la hierba. Tengo que darme un baño.

Oso empezó a llenar la bañera con un cubo. Cuando estuvo llena de agua se metió dentro. Plumas se posó sobre el respaldo de una silla. No quería mojarse las plumas.

—Por lo menos tuvimos una merienda muy agradable —dijo Oso frotándose—. Y a lo mejor, la próxima vez que visitemos a mi mamá, estará en su casa.

—Seguro que sí, Oso —dijo Plumas.

Plumas
está enfadada

Plumas estaba enfadada.

Llevaba todo el día enfadada.

—¿Por qué estás enfadada?
—preguntó Oso.

—¡No lo sé! —contestó Plumas.

—¿Quieres jugar a las cartas?
—preguntó Oso enseñándole una baraja.

—No —dijo Plumas—. No quiero
jugar a las cartas. Voy a salir.

—¡Pero Plumas! —dijo Oso—. ¡Es
casi la hora de cenar y hay guisantes!

Los guisantes eran la comida preferida de Plumas. Pero Plumas movió las alas enfadada.

—No tengo hambre. Estoy harta de comer guisantes y harta de jugar a las cartas. Me voy volando a algún sitio.

Así que Plumas salió volando por la ventana de la cocina. Ni siquiera se despidió de Oso porque estaba muy enfadada.

Plumas voló y voló. Movía las alas cada vez más rápido y subía cada vez más alto. Voló más lejos que nunca porque estaba muy enfadada.

Pasó por encima del lago y de los árboles y se alejó de Oso.

—¡Estoy volando muy alto! —pensó
Plumas—. Nunca había volado tan alto.

Plumas empezó a sentirse cansada. A lo
lejos vio una montaña.

—Me detendré allí —pensó.

Cuando Plumas llegó a la montaña, se
posó en un saliente rocoso.

—Hola, pájaro —dijo una voz.

Plumas se giró y vio un águila.

—Oh, hola —dijo Plumas sintiéndose muy débil.

—Encantada de conocerte —dijo el águila.

¡Era enorme! Tenía el pico redondeado y fuerte, y las plumas negras y brillantes. Plumas nunca había visto de cerca un pájaro tan increíble.

—¿Vives aquí? —preguntó.

—A veces —contestó el águila—. Voy de un lado a otro.

—¿Ah, sí? —dijo Plumas—. Creo que a mí también me gustaría hacer eso. Así no me aburriría tanto.

—¡Yo nunca me aburro! —dijo el águila—. ¡Hay tantas cosas que hacer!

Se levantó un viento muy fuerte en la cima de la montaña. Plumas se agarró con fuerza.

— ¿Qué haces todo el día? —preguntó.

De pronto, el águila levantó sus enormes alas. Miró hacia el suelo, que estaba muy lejos. Allí se movía algo, un conejo o un ratón. Levantó una garra.

Plumas tembló.

— ¿Tienes miedo? —preguntó el águila.

—No — negó Plumas con la cabeza—. Es que la sombra de tus alas me da frío.

—Me tengo que ir —dijo el
águila—. Tengo hambre. A lo mejor te
veo después.

—A lo mejor —dijo Plumas—.
Adiós.

Cuando el águila
se fue, Plumas abrió
sus alas. Proyectaban
una sombra muy pequeñita.
Movió el pico arriba
y abajo. Plumas no
necesitaba tener un
pico afilado ni garras
con uñas para
comer semillas…
o guisantes.

Plumas se alejó volando de la montaña. Voló y voló, moviendo las alas cada vez más fuerte, hasta que llegó de vuelta a la casa donde estaba Oso.

Oso estaba sentado a la mesa con un plato de guisantes.

—¡Hola, Oso! —dijo Plumas al
entrar por la ventana—. ¿Todavía
quedan guisantes?

—Por supuesto que sí —dijo Oso—.
Pero se han enfriado.

Cuando Plumas terminó los guisantes, se sentó con Oso en su sillón favorito.

—Tu pelo es tan suave y calentito, Oso —dijo Plumas.

—¿Sigues enfadada? —preguntó Oso.

—No —contestó Plumas mientras se quedaba dormida. Había volado mucho y muy lejos—. Ya no, Oso.

Sobre la autora

Ursula Dubosarsky es una de las escritoras australianas para niños con más talento y originalidad. Sus obras se publican en todo el mundo y ha ganado muchos premios literarios de prestigio. Las historias de Ursula sobre *"Oso y Plumas"*, con sus temas universales de amistad y atención hacia las cosas cotidianas, son las favoritas entre sus jóvenes lectores.

Puede descubrir más sobre Ursula y sus libros en *www.ursuladubosarsky.com*

Sobre el ilustrador

Ron Brooks es un artista de gran prestigio que ha estado ilustrando libros para niños durante alrededor de treinta años. Ganador de innumerables premios, sus obras incluyen clásicos australianos como *"The Bunyip of Berkeley's Creek"* y *"John Brown, Rose and the Midnight Cat"*, ambos escritos por Jenny Wagner, así como también *"Old Pig"* y *"Fox"*, por Margaret Wild.

Los dibujos tiernos y conmovedores de Ron en las historias de *"Oso y Plumas"* reflejan su extraordinaria habilidad para explorar las emociones y sensaciones de los más pequeños.